U0455261

作者介绍

川内连

　　出生于日本京都府，目前在东京居住。毕业于日本武藏野美术大学，之后在一家设计事务所工作了 9 年。他是 2 个孩子的爸爸。现在是一名自由插画师，主要工作是为图书设计封面、插图，创作广告等。

月亮的星球朋友们

[日] 川内连 / 著　小天角 / 译

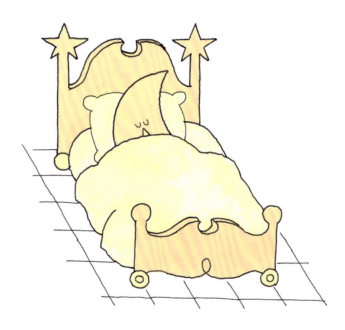

CMS | ♪ 湖南美术出版社
全国百佳图书出版单位
·长沙·

小巧的、敏捷的水星，时髦的、开朗的金星，

还有精力充沛的火星，来到了月亮家里。

今天, 它们几个要准备便当, 再叫上其他小伙伴,

一起踏上去往星星镇的愉快旅途。

♪"我们是，好朋友，行——星！

水金地，火木土，天和海！"♪

月亮是这次旅行的司机，

星球号巴士出发咯！

♪"我们是，爱冒险的，行——星！
水金地，火木土，天和海！"♪
它们穿过小行星阵，
在银河高速路上全速前进！

力大无穷的木星，铆足了劲儿，提了满满一袋饮料。

土星是甜甜圈店的老板，带了满满一盒甜甜圈。

经营冰激凌店的天王星，带上了各种口味的冰激凌。

开水族馆的海王星，两手空空什么都没有带。

♪ "我们，大家，欢快聚一起！

水金地，火木土，天和海！" ♪

"不如，我们把冥王星也叫上吧！"

欸？冥王星家里空无一人。它去哪儿了呢？

前方有一个黑黑的隧道，仿佛要把巴士吸进去一样……

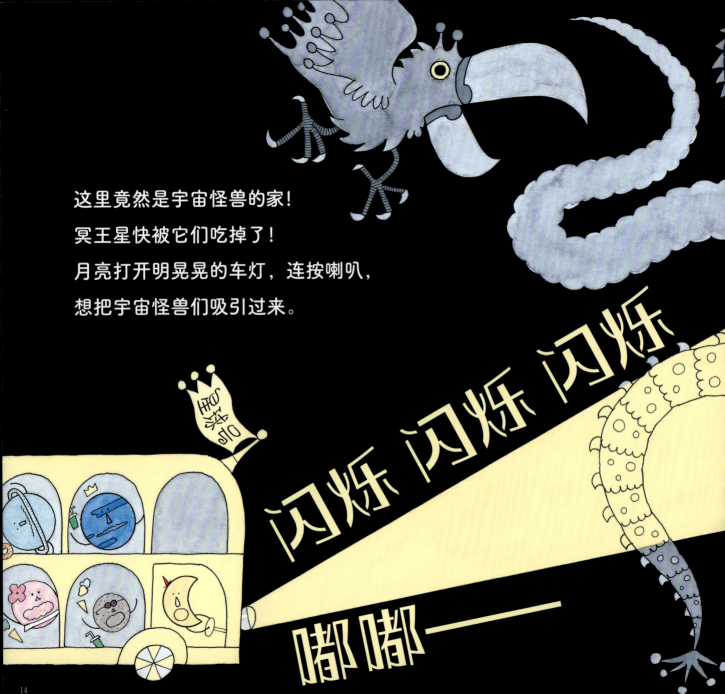

这里竟然是宇宙怪兽的家!
冥王星快被它们吃掉了!
月亮打开明晃晃的车灯,连按喇叭,
想把宇宙怪兽们吸引过来。

闪烁 闪烁 闪烁

嘟嘟——

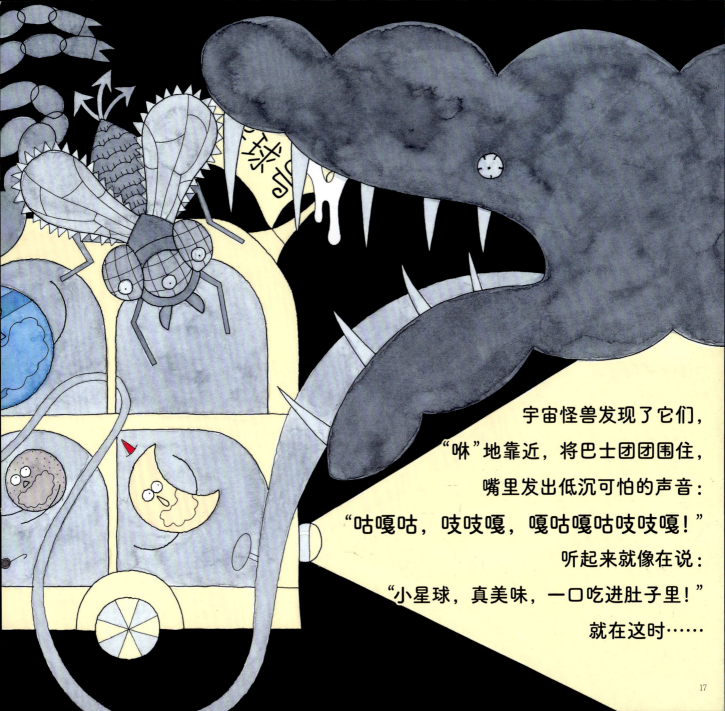

宇宙怪兽发现了它们，
"咻"地靠近，将巴士团团围住，
嘴里发出低沉可怕的声音：
"咕嘎咕，吱吱嘎，嘎咕嘎咕吱吱嘎！"
听起来就像在说：
"小星球，真美味，一口吃进肚子里！"
就在这时……

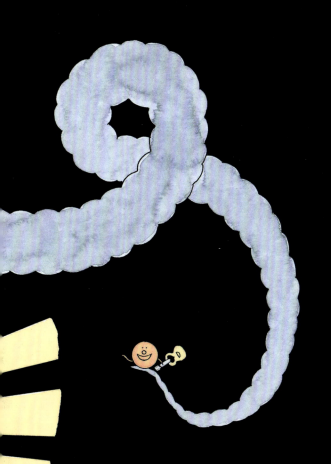

"不用怕！"
空中传来了冥王星的声音。
"我们是在练习唱歌。
它们说的是：
'大巴士，真漂亮，我们也想坐一坐。'
所以，请不要害怕。"

冥王星拨动吉他的琴弦，
怪兽们开始欢快地舞动。
巴士上的小伙伴们这才放下心来。

星球和怪兽玩成一片，

小伙伴们一起穿过隧道，

大家互相分享美食，一路驶向星星镇。

太棒了！怪兽朋友太棒了！

终于到了星星镇！镇上真是热闹非凡！

小伙伴们欢欣雀跃，高兴地唱起了歌。

星星镇的镇长听见了歌声，
微笑着招呼它们：
"音乐会快开始了，
你们也来听听吧！"

星球号

星星镇体育馆

27

♪"我们，大家，是好朋友。
咕噜，嘎吱，咕嘎咕咕。
星球还有宇宙怪兽。
吱吱呱咕咕嘎咕吱。
齐欢唱，我们都是，
好朋友！
吱咕嘎，咕嘎咕呱，
咕嘎呱！"♪

回家路上，大家睡得特别香甜，

一定都在做着美好的梦。

附录

在月亮和星球朋友们的旅途中，还藏着这些小故事和东西，观察一下，找一找吧！

乌贼和外星人的探险故事。

金星落了一样东西在月亮家里。

骷髅头形状的小行星。

大大的和小小的两个雪人。

月亮不小心弄掉的冰激凌球是什么味道的？

旗子背后写了什么？

滋溜一声滑倒了，然后噗通！

在树下，"嘿，计程车！"

谁的身体的一部分变成了高音符号？

有 7 块曲奇饼不知道掉到哪里去了。

绘本里还藏着其他小故事，等着你发现。
请关注"小天角"微信公众号，
在对话框中输入并发送文字内容"月亮的星球朋友们"获取答案。

试一试！

月亮的星球朋友们 YUELIANG DE XINGQIU PENGYOU MEN

原书名：おつきさまのともだち 新版
Otsukisama no Tomodachi Shinban
©Ren Kawachi
First published in Japan 2022 by Gakken Plus Co., Ltd. Tokyo
Simplified Chinese translation rights arranged with Gakken Inc.
本书中文简体字翻译版由广州天闻角川动漫有限公司出品并由湖南美术出版社出版。
未经出版者预先书面许可，不得以任何方式复制或抄袭本书的任何部分。
湖南省版权局著作权合同登记号：18-2023-157

版权所有 侵权必究

图书在版编目（CIP）数据

月亮的星球朋友们 /（日）川内连著；小天角译 . -- 长沙：湖南美术出版社，2023.9
ISBN 978-7-5746-0144-4

Ⅰ.①月… Ⅱ.①川…②小… Ⅲ.①儿童故事–图画故事–日本–现代 Ⅳ.① I313.85

中国国家版本馆 CIP 数据核字 (2023) 第 127682 号

广州天闻角川动漫有限公司 出品

出 版 人 黄　啸	出版发行 湖南美术出版社（长沙市东二环一段 622 号）
出 品 人 刘烜伟	印　　刷 广州一龙印刷有限公司
著　　者 ［日］川内连	开　　本 787mm × 889mm 1/16
译　　者 小天角	印　　张 2.5
责任编辑 贺澧沙 易 莎	版　　次 2023 年 9 月第 1 版
文字编辑 王嘉敏 方晓玥	印　　次 2023 年 9 月第 1 次印刷
装帧设计 曾 妮 聂煦铠	定　　价 48.00 元
责任校对 林丹华	

本书如有印装质量问题，请与广州天闻角川动漫有限公司联系调换。
联系地址：中国广东省广州市黄埔大道中309号 羊城创意产业园 3-07C
电话：(020)38031253 传真：(020)38031252
官方网站：http://www.gztwkadokawa.com/
广州天闻角川动漫有限公司常年法律顾问：北京市盈科（广州）律师事务所

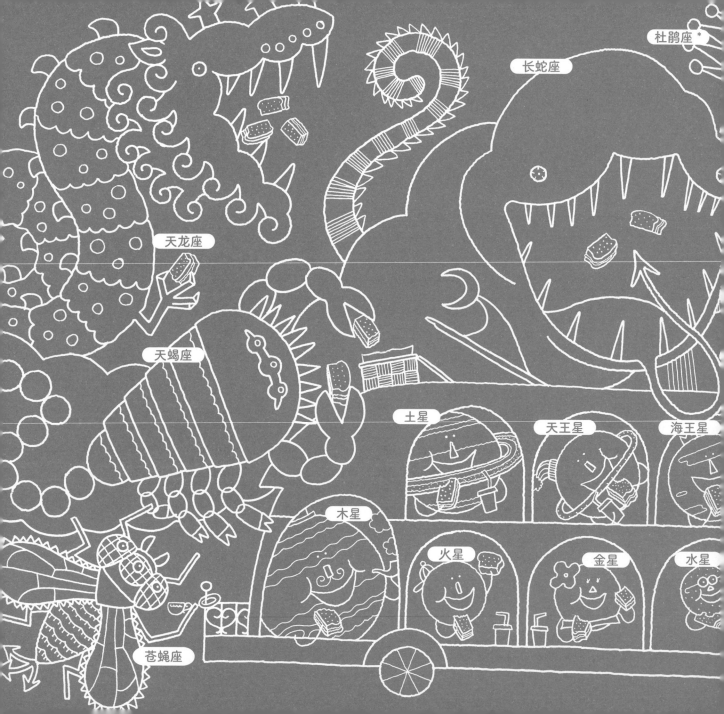